AF456120

GUSTAVE COQUIOT

LA SEINE

PARIS

LÉON VANIER, ÉDITEUR

19, QUAI SAINT-MICHEL

1894

PRIX : 1 FRANC.

LA SEINE

DU MÊME AUTEUR :

L'ÉTERNEL JOCRISSE (roman). Paris, Savine, 1891

PETITS CROQUIS (dessins de J. F. Raffaëlli). Paris, Vanier, 1893.

CONCERTS D'ÉTÉ (Impressions de Paris), Paris, Vanier, 1894.

GUSTAVE COQUIOT

LA SEINE

PARIS
LÉON VANIER, ÉDITEUR
19, QUAI SAINT-MICHEL
1894

A J. K. HUYSMANS

Au génie du critique et de l'écrivain,
A la haute et glorieuse probité
du merveilleux artiste qui chanta la Bièvre
et la grandeur de ses rives désolées.

LA SEINE

La Seine est un long ruban qui se déroule de troquets à troquets, en passant devant des Palais Nationaux et des façades bêtes.

La Seine pérégrine lentement dès son entrée dans Paris. Elle n'en finit plus d'aller, très lasse, au pied de cette vision des cabarets borgnes, ressouvenirs des chemins de halage, naguère.

En ce coin affirmé de province, ce coin assoupi des jours sous le plein soleil, les berges cuites, plus rien ne demeure, ne va et vient au long des usines et des baraquements, tout endormi dans les troquets hermétiquement clos. A peine un chien qui rôde et tous les dix pas se couche. Les pleins midis vident les berges : et l'odeur chaude de la Seine monte, — l'exhalaison seule d'une tisane qui fume, — de friselis mort, figée et luisante.

Des caboulots, nés sur ce quai, y demeurent tels qu'ils furent conçus, sans étage au dessus — de la salle où l'on vidait les cruches de vin, — autrefois. Et ces caboulots s'en iront à la ruine, tels, avec leurs inscriptions qui n'étaient pas fallacieuses alors, — en ce coin où l'on mangeait à bon compte des merluchées de poissons, arrosées de vin de Bourgogne, — amené par l'eau.

Sous les tonnelles, la joie des mariniers était le jeu de boules, en des heures de loisir. Cela conservé, et aussi une salle de bal où l'on danse aux sons de la musette, cela prolonge l'agonie de ces masures; — oh! détrônées aujourd'hui, combien! par des cafés Riche et des Tavernes Royales.

Les derniers sarments poussent au long de la Seine tranquille. Les dernières filles, les aubes, bourrent à grands coups de poing les édredons — épouvantails, barrant les fenêtres. Les homuncules, qui caressent les barriques, ne verront plus longtemps l'asile. La Seine, propre, peut-être, sera le miroir des façades blanches, uniformes; et la lèpre des talus, l'herbe souffrante et rare, elle sera dénudée, rasée; — et les talus combleront les trous, sous des cieux toujours bleus, toujours gais, à jamais débarrassés eux aussi de leur misère gênante, et de la tristesse des nuages pesants et bas.

En ces temps la Seine flue, épaisse toujours, sous le pont de Tolbiac, semblant près de se prendre, gadoue liquide au pied encore d'hôtels à lanternes. Inoubliables plâtras qui menacent de s'affaisser tout d'un coup quand le soleil les brûle; — ou que, la pluie, comme de la mie de pain, détrempe, vivifiant ces enseignes quasi mortes, triomphe de naguère des lettres fantaisistes, ces mots : *Aux poissons vivants*; — *A la renommée des Escargots*.

Et ces berges quiètes, les plus rares peut-être, demeurent ainsi longtemps, des aubes aux crépuscules, — jusqu'au soir, d'assoupissement absolu, — de la vraie nuit ici, du vrai silence, — vivant peut-être seulement d'une étoile fumeuse, au front d'une vitre de caboulot, et bientôt morte...

Il semble alors que c'est de la nuit à jamais tombée, que tout lentement s'effondre, s'ensevelit sous la poussière noire que blute le ciel, — que des jours ne reviendront pas; — et le sommeil est bon sur les berges, les soirs d'été, surtout, avant l'ascension de la lune, qui fait la route et le fleuve tout blancs.

Le lendemain, au petit jour, près de ce pont qui garde le souvenir de la dynastie napoléonienne, du négoce s'accuse par la Rapée, en face; — et le soleil, ce jour que je regarde, dégage vite la brume des maisons, assises dans des carrés de jardins, aux tonnelles pointues, aux treillages prétentieux d'arcs de triomphe et de colonnes.

Mais c'est encore des heures monotones, des heures de lassitude qu'il faut craindre, une paresse sans pensées, où l'on se plaît seulement à voir travailler les autres; — où l'on ne prend pitié que pour les chevaux humbles, qui montent en frissonnant sous les coups de fouet, la rampe, — les humbles bêtes, de courage si patient, si résigné...

Les bateaux grincent, tirent sur leurs

amarres. Parfois, le fleuve a l'air de vouloir ambuler un peu plus vite. Puis il reprend son courant bonhomme, insensible à l'œil, d'une eau qui semble plutôt danser sur place, piétiner en facettes de lumière, et laver à grands pans de flux et de reflux le tartre et la chevelure des pierres.

Les péniches l'oppriment, il est vrai; et aussi les bateaux-lavoirs, et également l'été, les écoles de natation, — 30 c. cabine comprise. Il ne se dégage un peu qu'au pont d'Austerlitz, où apparaît alors vraiment l'entrée de Paris; — d'une ville maritime, croit-on, avec la Seine très large, ses bateaux et ses marchés; un tas de maisons à droite; — une allée d'arbres tout le long à gauche; — Notre-Dame prédominante, le Panthéon et du ciel, toujours du ciel.

Au pont d'Austerlitz, où, le dimanche, au bout de ce pont, s'installe une foire minuscule, orgues de Barbarie, petites boutiques, — soupes et camelots; — où une foule spéciale s'entasse auprès des vendeurs de drogues; où des Auverpins du voisinage rôdent, ne sachant que faire de leurs mains; où des filles escaladent en gloussant des chevaux de bois qui se cabrent et ruent.

Foire minuscule, où, devant la Rotonde démodée des Supplices, jouent au palet des gens ayant des airs de mariniers et de charbonniats; — où, parfois, se glissent les transfuges des foires, qui apportent avec eux leurs quinquets fumants, leurs toiles et leurs tams-tams.

C'est, l'été, dans les cuisantes odeurs des fritures, dans les poussières âcres des vieilles défroques secouées, l'entassement d'une foule parquée, subissant les sommeils sans bouger de place, gonflée et suante, hypnotisée par les rouges criards, les bleus de drapeau et les blancs... miroirs où les yeux se liquéfient et pleurent.

Exsudats des baraques foraines, épaves des tours de France en déroute, tout le piètre des malmenés et des tondus de la misère échoue ici, entre quatre planches, entre des toiles à voiles, où, dans le décor de peintures bariolées d'apothéoses et de jardin d'Éden, sous l'écroulement des fleurs-monstres et des animaux-chimères, ils montrent des stropiats et des hydrocéphales, des femmes-poissons et des femmes-colosses, offrant sur un coussin de velours à glands d'or leur mollet gras, et du bout des doigts, l'hommage d'une fleur.

La Seine coule luisante dans le fossé de ses deux quais, et s'opalise sous l'abat-jour des ponts.

Le fleuve pérégrine..., certes, les pleins

étés, recherché des filles et des Nocturnes, partout où il y a des coins sombres et des berges hospitalières, comme à cette estacade du pont de Sully, — marché à la ferraille et au charbon le jour. — coin silencieux, le soir, où ils se baignent en bande, le nez aux étoiles, en se frappant de larges tapes sonores.

Là encore, les dimanches, s installent des hercules, qui, aux sons démanchés d'un orgue, font virevolter des poids et se mettent en sueur, tandisque l'eau coule, aussi chaude presque. Sur une table, en plein soleil, encore, parfois, une femme est liée avec des cordes : et la foule s'attroupe oh ! de sous peu dispensatrice ; et qu'il faut aller chercher loin au fond des poches par du bagout et de la musique !

Des sous, dont on se passerait, si tout le vin de l'Entrepôt, proche ici, coulait. . les futailles éventrées, les foudres défoncés et les formidables coudrets.

Ruisseau qui grossirait, deviendrait rivière, — et rivière certes bientôt lappée par ces gosiers que rien ne tarit, que rien n'apaise, elle serait la fortifiante liqueur des muscles fainéants sous ces coups de soleil qui cuisent ; et pour des heures, l'orgue pourrait broyer sa mélopée, on ne tremblerait pas des tenailles !

La semaine, remplacent ces hercules les maigrelets au torse cuivré, de moins solide aspect et plus roulottiers, qui s'embesognent sur les berges, d'un côté et de l'autre de l'île Saint-Louis et de la Cité, à la Tournelle comme au Pont-Marie, — ce décor très loin de Paris, charmante intimité d'un port vieillot, provincial, tel rencontré un hasard des villes ; où le fleuve a soudain plus d'ans ; où l'eau roule de l'histoire sous les barques et les chalands qui lui barrent la route.

Tel vieillit ce port de jadis, où les blanchisseuses s'endorment de plus longs jours qu'ailleurs ; remuées seulement par un coup plus frénétique de battoir sur le linge mouillé, dans un geste cadencé et de heurt qui jette en avant l'épaule.

Linge des familles d'alentour, humbles toiles qui ne déchaînent pas les rires et les propos, qui ne révèlent pas des émois d'alcôve pourchassés, terminés en coups de hâte. Bons draps écrus, cottes d'ouvriers et grosses chemises sans dentelles, qui n'avez rien à dire et qui ne sentez que l'effort des journées qui tuent !

Elle se resserre encore, la Seine, dépassé le pont de l'Archevêché. Elle passe très étroite devant Notre-Dame en arrêt, sur ses pattes appuyée ; et ce n'est plus de l'eau qui coule, mais l'excrémat de toutes les gadoues des berges.

C'est alors un fleuve las qui passe, un fleuve pesamment chargé des fientes d'un quartier à l'agonie ; un fleuve morne, où s'étirent on ne sait quels filaments d'herbes et de cadavres. Eau verte qui suinte la fièvre, eau de sueur des hôpitaux de naguère, moribonde de toujours. Fleuve charogne sur lequel se penche la misère du viel Hôtel-Dieu, l'antique hôpital qui demeure avec ses moisissures et ses lèpres.

Mais ton quartier, ô Villon, vit ses derniers jours.

Il est certes grand temps de se souvenir — ou plutôt de regarder, — car la pioche des démolisseurs éventrera bientôt les ventres de ses maisons malades, anéantira bientôt à jamais tout le passé de ce quartier séculaire.

Quelles hideuses casernes à six étages vont remplacer tous ces plâtras qui ont souffert? Dans la marche en avant, à quand le nouvel idéal de la vie par l'habitation? Ceux qui construisent et ceux pour qui l'on construit comprendront-ils enfin qu'ils ont mission de faire aimer nos rues, de les border de maisons plaisantes, où nous puissions aimer et souffrir sans nous monter le coup, — sans sauter chaque fois en croupe de l'Imagination?

A chaque pierre qui tombe, quand les bois vermoulus s'effritent en poussière, quand le papier pèle au mur comme une peau malade, c'est une morte qui fut bien vivante autrefois, au temps de René de Montigny et de Colin de Cayeux, au temps de la Maschecroue et de Marion Peautarde; et, ni votre statuaire, ni vos pilastres corinthiens, ô modernes architectes, ne pourront faire oublier la maison à pignon, au toit pointu, à encorbellement, dont les images sculptées se baisaient, là-haut, dans le ciel.

Alors, cette maison, c'était bien le consolant abri de nos douleurs et la discrète gardienne de nos joies. On pouvait, sans être trop riche, avoir un coin bien à soi pour y gîter, pour y traîner sa lassitude,

— comme un chien à sa niche, — sans l'opprimant voisinage des autres, que votre présence aussi agace.

L'hygiène, il est vrai, l'hygiène que l'on invoque toujours comme excuse, l'hygiène est meilleure, dit-on, avec les rues très larges et les façades montant d'aplomb.

Les pestes ont fui, et aussi les choléras... mais nous les avons avantageusement remplacés par ces hautes cheminées, qui, quotidiennement, le matin et le soir, — appréciable changement! — vomissent des fumées nauséabondes sentant le cuir et le suif, — et toutes les charognes que brûlent les fours.

Le Grand Charlemagne, le petit Pépin, dénomment de même des cafés plus vastes que ceux de naguère, les bistros bardés de fer : *A la pomme de pin*; — *au raisin de Corinthe*; — *au Saint-Esprit.*

Des divans turcs ont remplacé les borgnats où l'on se rossait à coups de piots, après les parties de dés. Mais l'ivresse est-elle meilleure? et la vie, à mesure que l'on avance, n'approche-t-elle pas de la faillite, de la grande banqueroute finale, de la période mauvaise où l'on aura que du dégoût à vivre... finies les amitiés sincères, défoncées à jamais les amours éternelles!

Déjà des êtres n'aiment plus que le fleuve, qui s'en va plus allègre, vers la mer, — au sortir du Petit-Pont.

Certes, si Henri IV n'était pas de bronze sur son cheval de bronze, il pourrait la voir fluer plus vite, la Seine, aussitôt que dépêtrée de son cloaque. De joyeuses couleurs se mirent alors dans l'eau, piquent une tête et dansent sous les mascarons qui font agrafe et bouclent les parapets du pont.

Et là, un instant seulement, il plait de fouiller dans les boîtes des bouquinistes, ouvertes sur les parapets. Un instant...

car de l'ennui vient tôt à visiter ces boîtes, soigneusement expurgées d'avance, où, à côté de la rare trouvaille d'un Flaubert ou d'un Baudelaire, d'un Hüysmans ou d'un Mallarmé, meurent tant de Pois Chiches, de Cygnes de Mantoue, maculés d'encre et d'objets déshonnêtes.., et aussi des doctrinaires et des crhéteurs.

La Seine atteint l'Académie, les Palais Nationaux, et devient monotone et bête; et, sans vous, les débardeurs du plâtre, les Pierrots du quai d'Orsay, je ne ferais jamais le voyage du pont des Saints-Pères au pont des Invalides.

Je voudrais, tant grande est votre soif, faire couler aussi pour vous les rigoles de tout le vin débarqué à Bercy, bonheur souhaité de vos gosiers; ou encore vous prêter les chaudes mamelles des nourrices d'ici, qui ambulent deux par deux.

Mais seriez-vous jamais satisfaits? et n'est-il pas possible, plutôt, de choisir un autre métier, un métier *humide* pas vrai? car vous ne savez que trop que le plâtre dessèche les palais, et blanchit l'âme, que vous voyez plutôt rouge, ô touchants siffle-litres, toujours poudrés de blanc, Pierrots par force, mimes de l'éternelle Pantomime, de la plus réelle toujours, sinon de la plus gaie.

Mais vous n'êtes pas les seuls, ô Geindres.

Les soldats et les caporaux en tirent aussi une de langue après les bonnes d'enfants et les nounous, quand, la poitrine offerte, elles sourient à l'enfantelet, sur les bancs de la grande place nue, où, tout au bout, le dôme reluit comme tout neuf, sous le ciel très bleu.

Ces jours de lâche-caserne, sous les arbres-parasols, l'arlequinade des rubans enchante les porte-sabres qui vont aussi par deux.

Les payses, elles sont vite rencontrées,

qu'importe du pays? pourvu que la chair soit belle et dorée; que les conversations naissent familières sur le bout des bancs, où les deux hommes, d'abord timides, se serrent des coudes, à l'étroit.

Caricatures faciles, d'hier peut-être, mais d'actualité encore aujourd'hui, comme demain.

Tort indéniable cependant à blaguer cela pérennellement. Car c'est en somme ce qui fait aimer un peu la caserne, ce prestige du sabre et la cocarde au shako. Les bonnes et les nounous, faites pour les soldats, apparaissent, telles, à voir l'air crâne qui vient à ceux-ci, dès qu'elles les reluquent — lourds d'abord dans leurs chaussures, aux mains maladroites, aux pas oscillants des ours.

Alors les propos s'éternisent le long du fleuve.

Puis, le soir, la place quittée toute chaude, quand enfin tombe le crépuscule, après ces serrements de mains, ces baisers goulus qui n'en finissent pas, et ces regards très longs où se lit encore un désir, la promesse de se retrouver ; — quand des cadavres gonflés de bêtes viennent mollement bomber sur la berge, c'est le tour des filles du Gros-Caillou, amoureuses aussi de l'émoi des rudes bourrades, des pâmoisons et des étreintes : certes, alors, du bonheur plein le cœur, et une délivrance du métier quotidien, de l'obsédante et dure besogne, leur sexe enfin satisfait pour jusqu'au retour, ici, — demain...

Et l'eau coule, et c'est si bon là de regarder l'eau couler, tandis que le porte-sabre vous presse longuement la main.

Cet assoupissement bienheureux, cette nuit paisible, ce ciel si mystérieux ! Les femmes riches, oui, ça doit être ça tout le jour, et avec un décor plus beau encore et changeant, comme au théâtre des fois, quand le cœur chavire, là-haut, sous le toit, avec des lumières dans les yeux, et qu'on est si heureux, semble-t-il, pour toujours...

Le printemps, les chaudes nuits de l'été les mélancolies de l'automne reviennent ; et aussi ces petites rousses tachées de son, ces brunes aux cheveux plantés dru, ces blondes si blanches malgré tout, malgré le lent empoisonnement des nicotines, qui vont, attifées à la diable, la tête nue toujours, perdant leur peu de graisse tôt à cette calvacade des soirs ; — et bientôt planches exquises avec la longue fuselée du corps, montant sans bosses, sans vallons, atteignant la tête minuscule, épointée de dents petites et malades, et si ardente.

Il semble que la vie n'est plus que dans cette braise d'un œil battant la fièvre, humide et clair.

Les bras sont minées comme fétus quand on les touche et l'on a peur de serrer ; et puis c'est la toux, les côtes secouées furieusement, le col épileptique se démenant sur les épaules, l'entrechat des jambes folles et des bras pantins.

La Seine toujours continue son boniment de fleuve monotone et lent.

Boniment chanté devant des troquets encore, et non loin d'hôtels borgnes et de beuglants de sordide aspect, les beuglants à soldats.

Beuglants très bons, pourtant, car, l'été, par-dessus la porte barrière, à travers les lames, passent les refrains de vos chansons et de vos émois !

Au populaire qui écoute, dressé sur ses orteils, vous versez l'ébahissement et la joie, et vous ne quêtez pas au dehors. Et vos cabots sont les plus rares d'entre les cabots, et leurs crânes apparaîtraient tondus comme billes de billard, n'était une mèche napoléonnienne, accroche-cœur des filles aux cils rares, les vôtres, celles dont les ventres blessés inquiètent, et si pâles, et si blanches, aux yeux de fièvre, à la trop lourde perruque, déjà perdue, une fois...

Non loin de la Seine, — cabots que l'on voit revenir après une échappée en province, seulement à l'aise en ces parages.

Abris certains où la joie des uns et des autres se mêle, certains soirs, se nourrit de railleries et de rires à gorge grande ouverte ; où d'anciennes amours renaissent ; où la trêve des jalousies s'établit ; où, comme des bonheurs vides, il semble que cela doive durer toujours, sans rien pour l'amoindrir, sans rien pour l'effacer...

Et c'est là encore la province au long du fleuve ; la province, à regarder la minuscule gare des Invalides à Grenelle, en suivant le chemin plus doux, de sable fraîchement apporté.

Un paysage tel, en effet, qu'il s'en rencontre au cours d'une pérégrination dans les terres, cette station familiale, d'aspect placide, où les wagons semblent beaucoup plus petits qu'ailleurs, comme pour l'amusette des gens qui veulent se promener plus vite, voilà tout.

Et les caboulots de là-bas ne seraient pas comme ceux qui bordent la voie du chemin de fer, ici ; — mais ces derniers sont, en revanche, peints de violentes couleurs, inattendues, exquises pourtant.

Des titres :

Au bout du Monde ; — *Hôtel du Mûrier* ; — jardins et bosquets, où des sarments s'enroulent autour de longues triques, forment berceaux et dômes, et vivent juste un été, desséchés et cuits bientôt par une nature inclémente, d'une mièvrerie souffreteuse. Feuillage pauvre, en somme, laissant passer le soleil, quand il luit, pour notre joie à le voir s'étaler en rondelles, en ovales ; minces sous d'or qui dorent les alcools, et donnent de la vie à des lèvres exsangues, raccornies, qui ont trop aimé... à des lèvres mortes.

Et une autre sensation très douce de quiétude loin de Paris naît de l'enroulement de la fumée des trains à la cannetille des branches.

Soit qu'un train s'en aille vers Grenelle, soit qu'il s'agisse d'une machine en manœuvre, une longue rêverie prend dans ces bosquets, similaires à ceux des banlieues, à respirer l'odeur de la locomotive, entraînant les wagons ou ambulant seule, allégrement, très belle toujours avec son corset de cuivre, — quand elle ambule lentement ou vite, bien reluisante ou ternie, noire, en sueur de sa course.

Et la Seine flue le long de ce quai

d'usines, avec en face Passy derrière des arbres, de monotone aspect, — d'intérêt seulement avec les débardeurs du sable, avec encore l'allée des Cygnes, cette jetée des soirs, où les couples, en pente, écoutent la course de l'eau.

Baraquements et usines qui continuent, s'espacent, alternent avec des carrés de verdure tenace, broutés par des chèvres sans chair, où se rouillent les déchets du fer, — à la pluie; — où se fendent, au soleil, d'antiques coches, des choses sans apparence, des paires de roues et des cuves, — des larges cuves, telles qu'on en voit sur la Bièvre où mijotent les cuirs.

Mais ce n'est pas encore toute la Seine et tout Paris. D'autres aspects la révèlent diverse dans un Paris divers, par delà sa ceinture de ville grosse.

Au Point-du-Jour la Seine accélère sa couse aux flons-flons des concerts en plein vent, aux cris d'appel des macs et des filles qui évoluent sur des balançoires entre deux repues de vin bleu, les poings inquiets ou gîtés tout au fond des poches. Sur la rive droite les musettes abondent. Quand le bal est commencé, le spectacle est celui-ci :

Aux sons d'un cornet à pistons et d'une flûte, des êtres en blouse, en veston, cravatés de rouge et la poitrine ouverte, encornés comme les bœufs et rigoleurs, se tapent sur les cuisses, frappent le plancher, gigollent des ripatons, ouvrent les bras et les ferment, accélèrent un mouvement de va et vient des rotules et brament, alors que dans un vol de linges et de chairs mal cachées, les femelles ambulent de même, tournent et virevoltent, une patte en l'air, et tombent à plat, le sexe baisant le plancher.

Mais l'assaisonnement des concerts et des caboulots ici, c'est un soleil cuisant dans un ciel bleu, et une Seine très chaude déferlant des bouffées d'herbes cuites, des odeurs de tisanes et de bouillons des quatre vertus. Alors seulement les concerts en manière de chalets et les tirs regorgent; alors seulement le cabot larmoie aux sons des pianos et des orgues de Barbarie, près des bosquets où grésillent et sautent dans la graisse les poissons fritures et les pommes plébéiennes.

Les restaurants accaparent le fleuve, les débits de cervelas alternent avec les tentes où se débitent les bières; mais on ne sait où se gîter pour boire le pissat d'âne et les sirops tournés au sucre. Incertitude à gagner l'un plutôt que l'autre, un peu du plaisir à les voir tous, à s'attarder auprès sans entrer, — à ne pas suivre la foule tout de même dans ces exquises tonnelles appauvries, — ingénieux efforts des ressouvenirs rustiques, — où les matelotes, cuites au vin roux, sont l'ordinaire lippée des danseurs du *Grand bal du Point-du-Jour*, où encore des pommes coupées en vrille dégagent un âcre fumet de pétrole et de suif.

Puis, le viaduc passé, un coin de fête foraine apparaît, un coin de fête pourtant vu seulement ici, offrant des bonneteurs et des guitaristes, près de vaches que l'on trait à la tasse, de chevaux de bois galopant par trois, de balançoires et de jeux de massacres. Et si l'on va plus loin, si l'on déambule sur la route incendiée, coudoyant les aisselles qui fument et les faces qui se boursouflent, c'est encore avec l'apaisante vue de la Seine, sentant parfois une plus pénétrante odeur d'herbes, l'alignée de cabarets faits de planches et de treillis, arborant frénétiquement pour la concurrence d'inoubliables enseignes : *Au Petit Chalet fleuri*. *Au Père Denis*, ou bien *Au vieux Gugusse, matelote et friture*. Et sous ces tonnelles, des gens encore s'attroupent et braillent, en tapant sur les petites tables branlantes, envahissent les balançoires et les chevaux de bois, ou, incités à se jeter à l'eau, — il fait chaud tellement, — se baignent, d'abord le râchis bombé au soleil, et l'effroi des grosses dondons et des maigres femmes des petits négoces, quand, brusquement, « pour faire peur », ils piquent une tête et plongent !

Ce temps, en face, par delà l'un des bras de la Seine, on saute ferme au *bal de Robinson*. On embarque ! On embarque ! Des filles, le chignon nu, à ombrelles rouges ou vertes, et d'autres, des rougeaudes, et des cireuses, sont enlevées par des maroufles, revêtus de costumes galonnés, coiffés de casquettes empanachées d'une plume ; et tous donnent de la voix et exultent, ricanant au bruit des tambours et de la grosse caisse, qui font fureur là-bas, sous les arbres touffus, sous les dômes de verdure de l'île enfin atteinte.

Mais il arrive parfois qu'une noce vient remplir la barque du passeur jovial et farce qui s'empresse ; et c'est alors une scène à la Lavrate qui se joue, une grosse et suante procession, ridicule et grotesque, effarante par la lourdeur des gestes et des phrases, des allures et des caresses, et énorme en ce que, malgré soi, l'on guigne le bedon de l'épousée, que l'on s'attend à voir s'enfler comme une citrouille, subitement, sous la couvée du soleil des banlieues gaies, en un paysage curieusement complice par le nom de ces nouvelles enseignes ici écrites : *Au Père la Brème*, *A la Mère la Bûche*.

Puis c'est les revenez-y du Bas-Meudon les restaurants-chalets, les bouts de bosquets et les bouts d'arbres, — pour la matelote.

Paysages de Seine, dont c'est tout l'exquis ces restaurants-terrasses où s'accrochent les glycines, — exhaussés sur des bois peints en vert, un vert unique, très rare, d'admirable couleur ; — où s'attardent les repas, les repas arrosés du vin d'ici, du picolo qui tache les serviettes comme du carmin. Factice et fausse campagne, nature au bord de Paris, où s'érigent un ou deux restaurants plus riches : *A la pêche miraculeuse* — *Hallope* — tel, ce nom de poète grec !

En semaine, l'été, l'eau va placide, et les restaurants bâillent au soleil, endormis. La campagne s'assoupit ; — à peine parfois un cri des blanchisseuses qui lavent leur linge au fleuve ; les genoux dans des boîtes ; — à peine, de temps à autre, l'aboiement d'un chien, — comme à la campagne.

En des instants réguliers alors seulement s'entend le sifflet d'un train qui passe ; — et l'eau déferle doucement et glissent les mouches sous les arbres-panaches, le long des berges, d'abord, telles que d'une province très loin, — et soudain tout de Paris aux alentours des restaurants portiques.

Religiosité dans l'intimité, communion dans le désir, telles chez Manet, ici seulement s'évoquent les déjeuners espérés, les gaies aventures au sortir de la ville, les escapades du rut après des journées et des nuits d'hôtel, après l'obligatoire nécessité des divans en velours d'Utrecht.

Jamais femmes ne furent plus désirables qu'ici, sous des coups de soleil, dans des toilettes de crépon et de mousseline, et la peau légèrement moite, ambrée, avec des yeux de gaieté; — fui le séjour d'ennui, l'ordinaire séjour, oubliés pour quelques heures les encombrants devoirs et les tâches.

Elles sont certes délicieuses, et les seuls

convives possibles, quand elles peuvent rire de toutes leurs dents, étaler des gorges capitonnées et blanches. L'ivresse alors fermente plus sûrement qu'avec les alcools, — et aussi les héroïsmes, et les espoirs, — pour un instant.

Mais ces restaurants-guinguettes, ces terrasses, d'où l'on plonge tout droit dans la Seine, aussi disparaissent, s'effondrent peu à peu pour laisser la place aux villas-jouets, aux jardins-jets d'eau, aux « Petit Versailles » et aux « Petit Saint-Cloud. »

Dans un temps proche, ce sera l'ère des Concours d'École, des projets impossiblement niais, mis debout avec la singerie des décors-cartons, qu'écailleront les soleils, que détremperont les pluies; et sur un corps tout petit ce sera la prétentieuse rodomontade des terrasses, des portiques et des tourelles.

Les villas grecques, étrusques, romaines,

italiennes, sortiront sans chapeau ; — et l'on gagnera peut-être au change, si cela est incomplètement beau ou incomplètement laid, si c'est quelque chose d'avorté, de grotesque, — si c'est tout de guingois, bancroche et bossu, — si le fer veut singer le bois et le bois le fer. On aura, en plein air, l'équivalent de nos Bulliers et de nos Casinos, les ailes d'un Moulin-Rouge, — pour monter l'eau, — et la façade des Folies-Bergère pour établissement de bains. La nature, appropriée à l'habitation, sera la plus comique de toutes. Les arbres, les fleurs, y pousseront torturés, travaillés, sens dessus dessous. Et le ciel, connivent, fera peut-être ses nuages cocasses, s'ingéniant aux arabesques du rire et de la démence.

Puis, plus tard, quand ces habitations hurluberlues pour hurluberlus seront près de disparaître à leur tour, on les admirera et on les regrettera comme tout ce qui fut, comme tout ce qui abrita nos douleurs passées, nos joies défuntes. Et c'est, peut-être, la consolation des choses les plus laides et les plus insanes, au goût du jour, d'avoir, plus tard, quand elles demeurent, l'admiration de ceux qui subissent la vie alors, de ceux qui sont bien contraints d'aimer en arrière, alors qu'ils ne peuvent pas aimer en avant.

Moi, j'aurais bien voulu, me contentant du présent, partir au loin sur cette locomotive qui passait non loin.

Je me disais que le bonheur est seul aux riches qui peuvent accommoder la nature à leur goût du moment, à leur bonne ou mauvaise humeur; le catalogue des pays étant assez complet comme cela, sans oublier la Chine hilare et le Nord où l'on se paye du soleil à minuit.

Mais tout ce que j'ai pu faire, ce jour, comme les autres, — ç'a été d'aller en guetter un autre de train, dans la gare de Sèvres, où me pourchassait un orage des mieux apprêtés.

Je suis descendu sur le quai, et j'ai attendu que la pluie cessât de tomber en pensant aux émois des départs, aux tristesses des fins d'amour, aux mouchoirs que l'on agite, aux adieux et aux étreintes qu'exagèrent les séparations, même les plus brèves : — et aussi à tout le romantisme, parbleu ! de la machine Leviathan, du monstre d'acier et de fer, qui, sous l'averse s'en allait, fumant, haletant, geignant, le dos bombé et solidement d'aplomb sur les roues qu'activaient les bielles...

IMP. NOIZETTE, 8, RUE CAMPAGNE-PREMIÈRE, PARIS

www.ingramcontent.com/pod-product-compliance
Ingram Content Group UK Ltd.
Pitfield, Milton Keynes, MK11 3LW, UK
UKHW021529260726
13993UKWH00004B/1887